LES INCONNUS DE L'AUTOCAR

L'auteur

Bertrand Solet est né à Paris. Il a suivi les cours de l'Institut des Hautes Études cinématographiques, puis ceux de l'École des Arts et Métiers.
Il est marié, père de trois garçons. Il adore les histoires policières, comme Julie, l'héroïne des « Inconnus de l'autocar ».

Du même auteur, chez Pocket Jeunesse :

La chasse aux enfants
Un tambour dans la nuit
Vercingétorix

L'illustrateur

Axel Maja dessine depuis toujours. Il a étudié aux Beaux-Arts et a déjà réalisé de nombreuses expositions de peinture, mais c'est la première fois qu'il illustre une histoire.
Faire des dessins pour « Les Inconnus de l'autocar » l'a beaucoup amusé, cela lui a rappelé son enfance, quand, lui-même, il jouait au détective. Et il adorait ça !

Bertrand SOLET

Les inconnus de l'autocar

Illustrations d'Axel Maja

POCKET
jeunesse

Ce texte a été publié pour la première fois
dans le magazine *Les p'tites sorcières*.

Loi n° 49-956 du 16 juillet 1949 sur les publications
destinées à la jeunesse : février 2001.

ISBN 2-266-10546-9

1

DANS L'AUTOCAR

Ce samedi matin, en me réveillant, je n'entends aucun bruit dans la maison. Cela m'étonne. Papa est seul dans la cuisine, il m'embrasse.

– Ne t'inquiète pas, fait-il en me prenant sur ses genoux : ton frère a été malade cette nuit et Maman est partie avec lui à l'hôpital.

Il me sourit, mon cœur se serre pourtant.

– Thomas a une appendicite, reprend mon père, ce n'est pas grave, mais on va l'opérer tout à l'heure.

Je suis toute remuée par cette mauvaise nouvelle, et mon trouble augmente encore lorsque mon père m'annonce qu'il m'envoie pour le week-end chez mes grands-parents, qui vivent à la campagne, pas très loin de chez nous. Il va aller à l'hôpital, lui aussi.

– Toi, ma Julie, tu prendras le car comme une grande. Demain, Maman ou moi viendrons te chercher. D'accord ?

Je dis d'accord : impossible de faire autrement. Ce sera pourtant la première fois que je voyagerai seule…

Nous partons en voiture et nous arrivons bientôt à la gare routière. Mon père y travaille depuis longtemps.

– Viens vite…

Je grimpe dans un autocar, Papa connaît le chauffeur.

– Marcel, je te confie ma fille, elle descend à Clairville.

– Pas de problème, répond l'homme en se tournant vers moi avec un grand sourire.

Papa s'en va, après un gros bisou, je me retrouve seule au fond du véhicule.

Courage, Julie. Il m'en faut, je pense à mon frère malade et à Maman qui n'est pas là… Pour me consoler, je sors de mon sac un paquet de nounours qui collent.

Des gens montent dans l'autocar, un couple s'installe devant moi. Je m'enfonce dans mon siège, en reculant les jambes.

L'autocar s'en va… En regardant les gens qui me font face, je les trouve bizarres. Peut-être parce que la femme porte des lunettes noires. Nous sommes en hiver, et des lunettes pareilles, c'est pour le soleil… ou bien alors pour des personnes qui ne veulent pas qu'on voie leur visage, des vedettes de cinéma, par exemple. Non, la femme n'a pas l'allure d'une star, ni les vêtements.

L'homme, lui, ne porte pas de lunettes. Son visage est sévère et ses épaules fortes. Il ressemble un peu à un brigand que j'ai vu dans un dessin animé.

L'autocar roule, le temps passe, je mâche mon dernier nounours. Clairville, c'est le prochain arrêt ; pourvu que Papy et Mamie m'attendent bien !

Je me prépare à me lever. Dans l'avenue où nous passons, nous croisons un camion dont le moteur ronfle très fort.

Ce qui fait que je ne comprends pas le début de la phrase que la femme devant moi dit à son compagnon. Je n'entends que les derniers mots :

– … chez les Tavernier.

Je sursaute. Ai-je bien entendu ? Tavernier, c'est le nom de mes grands-parents. Qu'est-ce que cela veut dire ?

2

LA VIEILLE VOITURE

Nous arrivons, le couple s'est levé, il descend aussi à Clairville. Lorsque je passe devant lui, le chauffeur me demande si j'ai fait un bon voyage. Je lance un « Oui, monsieur, merci, au revoir », et je saute de l'autocar, mon sac à la main.

– Julie !

C'est Papy, il est là ! Je me précipite, il m'embrasse, m'interroge sur mon frère. Non, lui n'a pas encore de nouvelles de l'opération.

– C'est trop tôt. Viens, je suis garé juste à côté !

J'ai envie de demander à Papy s'il connaît les gens de l'autocar, mais j'ai beau regarder partout, ceux-ci ont disparu, comme frappés d'un coup de baguette magique. En revanche, un car de gendarmes stationne sur la place.

– Ils ne sont jamais là, d'habitude, remarque Papy en démarrant sa voiture…

Mes grands-parents vivent en pleine campagne, dans une maison bâtie au milieu d'un grand jardin entouré d'une clôture. Sur un côté se trouve la forêt où

nous allons jouer souvent avec mes cousins et mes cousines.

Le portail est ouvert, Mamie me tend les bras près de la porte. À nouveau je me précipite. Je suis heureuse de la voir, je suis sûre qu'elle va me gâter, c'est son plaisir. La preuve, ça commence déjà :

– Le déjeuner t'attend, Julie. J'ai préparé des pâtes comme tu les aimes…

Un aboiement se fait entendre, je tourne la tête, voilà du nouveau :

– Vous avez un chien, maintenant ?

– Eh oui, répond Papy. Il s'appelle Toby.

Toby est attaché à sa niche par une chaîne. C'est un chien-loup au poil luisant. Il saute, en aboyant avec force.

– C'est un chien de garde, reprend Papy. Je l'ai attaché parce qu'il ne te connaît pas encore.

– Tu parles d'un chien de garde, dit Mamie : il lui suffit d'entendre le facteur pour aller se cacher dans sa niche.

– Tu exagères, répond Papy.

Il est un peu vexé et caresse Toby qui se tortille. Je suis contente que le chien soit attaché : ses dents sont longues et pointues.

Papy ne range pas sa voiture dans le garage comme il le fait d'habitude. C'est qu'il y a une autre voiture à l'intérieur, une vieille, qu'un ami lui a confiée pour un défilé qui aura lieu à Clairville la semaine prochaine.

– Tu verras, Julie, c'est une vraie merveille, je te la montrerai tout à l'heure. Une Panhard-Levassor des années 1900. Elle vaut une fortune...

Papy est un passionné, tandis que moi, les voitures anciennes ne me disent trop rien... Mais voilà que le téléphone sonne, nous nous précipitons.

C'est Maman, j'en étais sûre ! L'opération de Thomas s'est déroulée à merveille, et mon père viendra demain comme prévu. Je vais mieux tout d'un coup, moi aussi. Pauvre Thomas... Bah, il va pouvoir bientôt recommencer à m'embêter, comme d'habitude.

3

LA GRANDE SURFACE

Nous nous mettons à table. Les pâtes préparées par ma grand-mère sont un vrai délice, je m'empiffre, et je ne m'arrête de manger qu'en pensant à ma ligne de top modèle.

– Encore, m'encourage pourtant Mamie.

– Je ne peux pas, toutes mes copines sont plus maigres que moi.

– Tu plaisantes ! On doit voir au travers alors.

Tout à coup, je repense au couple de l'autocar, et à ce que j'ai entendu. Je demande :

– Dites, vous attendez une visite aujourd'hui ?

Mes grands-parents me regardent, étonnés. Non, ils n'attendent personne. Je n'en dis pas plus, craignant qu'ils ne se moquent de moi.

Le repas se termine, Mamie me propose de l'accompagner à Clairville, elle a des courses à faire à la grande surface.

J'accepte avec plaisir, j'adore les magasins, surtout ceux qui vendent des vêtements pour filles, des souliers, des bijoux fantaisie…

– C'est ça, approuve Papy, après, je te montrerai la vieille voiture. Si tu veux, tu m'aideras à briquer la carrosserie.

Je réagis malgré moi, en jetant un coup d'œil vers la télé. Il y a un feuilleton tout à l'heure que j'aimerais bien regarder. Papy a vu mon regard, il se moque :

– La télé est en panne, ma belle, c'est pas un mal.

Mamie réplique aussitôt, disant que Papy est bien content lui aussi d'avoir la télé. Papy hausse les épaules, il n'ose pas dire le contraire.

Nous partons en voiture. J'ai la liste des achats à faire : des citrons, du sucre, un produit pour le lave-vaisselle, etc.

Lorsque nous arrivons en ville, Mamie s'étonne :

– Tiens, dit-elle, ils ne sont jamais là, d'habitude.

Juste la même phrase que Papy ce matin.

Oui, des gendarmes en moto arrêtent des voitures devant le parking de la grande surface. Nous, ils nous laissent

passer, et nous trouvons une place sans problème pour nous garer. Et nous voilà toutes les deux, allant d'un rayon à l'autre. Tandis que notre caddy se remplit, je me dis que ce n'est peut-être pas un hasard s'il y a des gendarmes un peu partout à Clairville. Je ne sais que penser, plein d'idées me passent par la tête, que j'essaie de repousser :

– Mamie, je peux acheter des élastiques ? Je voudrais que tu me fasses des petites tresses comme les Africaines.

Mamie est d'accord, même si elle me préfère avec mes cheveux bouclés qui tombent dans le cou.

Soudain, c'est la grosse surprise : en levant les yeux, j'aperçois un peu plus loin, parmi les clients du magasin, le couple de l'autocar, celui qui a parlé de mes grands-parents.

Mon cœur bat ; sans réfléchir, je me rapproche de ma grand-mère :

– Mamie, je veux voir quelque chose. On se retrouve à la voiture.

Sans lui laisser le temps de répondre, je m'élance.

4

LE MANCHE DE PIOCHE

Je me suis élancée, d'accord, mais je m'arrête tout de suite. Que faire, maintenant ? Me voilà bien avancée…

J'ai changé de rayon et perdu Mamie de vue ; en revanche, j'aperçois à nouveau le couple. Il marche d'un bon pas, la femme porte toujours ses grosses lunettes. Non, des lunettes pareilles, ce n'est pas seulement pour se protéger du soleil ou de la curiosité des journalistes si on est un artiste connu. Je pense aux gendarmes qui sont à la porte du magasin... C'est ça, des lunettes noires servent aussi à des bandits qu'on recherche. C'est bien connu, on le voit souvent à la télé.

Je vais les suivre. Eux aussi sont sûrement venus en voiture. J'en relèverai le numéro, Papy et Mamie pourront peut-être se renseigner à partir de là et savoir qui ils sont. C'est plus prudent pour eux. L'homme marche vite, il semble pressé, regarde sa montre. La femme peine à le suivre, elle porte deux ou trois paquets à la main. Enfin, ils s'arrêtent dans l'allée centrale. La femme reste là, et l'homme se dirige vers le rayon « Outils de jardin ».

Il ne tarde pas à réapparaître, tenant en main un manche de pioche.

Ça me fait frémir : un manche de pioche, c'est un gourdin, une arme ! On peut assommer quelqu'un avec, par exemple un chien qui garde une maison. Après, un voleur peut entrer à sa guise. Est-ce que j'ai à faire à des voleurs ? C'est vrai que l'homme est grand, fort, ce doit être facile pour lui d'escalader une clôture et de grimper le long d'une façade. Je le vois dans ma tête, il arrive au niveau d'une fenêtre qui n'est pas fermée, il la pousse, il saute à l'intérieur...

Je respire un grand coup. C'est une bonne idée que ce numéro de voiture.

Ils se remettent en marche, je les suis en faisant bien attention de ne pas trop m'approcher pour ne pas être vue.

À un moment, la femme se retourne en regardant quelque chose. Je n'ai que le temps de me rejeter en arrière.

Dans mon élan, je bouscule un garçon qui proteste. Je ne réponds pas, je file. Pourvu que personne n'ait rien entendu ! C'est bête, quelquefois, un garçon. Remarquez, je dis : quelquefois, seulement...

En fuyant, j'ai perdu mon couple de vue. Par bonheur, il réapparaît deux minutes après, du côté de la caisse. La femme paye, je me faufile par la sortie sans achats.

Le couple se dirige vers le parking. Les gendarmes sont toujours présents dans la rue. L'homme les a sûrement vus comme moi, il donne le manche de pioche à la femme, ils échangent quelques mots, puis se séparent.

– Qui vais-je suivre ?

5

LA NUIT COMMENCE

Qui vais-je suivre ? Inutile de se poser la question : une voix me cloue au sol, pleine de reproche ; une main attrape mon bras : c'est Mamie.

– Qu'est-ce qui t'arrive, Julie ? Je ne veux pas que tu te sauves, et sans me dire où tu vas…

– Attends, je vais t'expliquer. Laisse-moi encore juste une minute.

Trop tard, bien entendu. Ils ont disparu tous les deux, comme la première fois à la sortie de l'autocar. J'ai beau courir de droite et de gauche, rien. Ce n'est pas de chance ! Faudra repasser pour l'immatriculation de leur voiture.

Il ne me reste plus qu'à revenir vers ma grand-mère. Nous partons ; durant le trajet jusqu'à la maison, je lui explique tout : les gens bizarres qui parlaient d'eux dans l'autocar, les lunettes noires, le manche de pioche.

Mamie ne semble pas convaincue :

– Tu as peut-être mal entendu, me répond-elle. Tu racontes toi-même qu'il y avait du bruit, un camion qui passait. Et puis, des lunettes, un manche de pioche, ça ne veut rien dire…

Plus tard, à la maison, Papy non plus ne veut pas me croire. J'ai beau insister, trouver des arguments :

– Et les gendarmes ? Vous dites vous-mêmes qu'ils ne sont pas là d'habitude ?

– C'est un hasard, je ne sais pas…

Et Papy s'en va bichonner la vieille voiture qu'on lui a laissée dans le garage.

Je ne l'accompagne pas, car Mamie entreprend de me faire les tresses que je lui avais demandées. C'est un long travail.

– Au fond, ça te va bien, me dit-elle.

Cela me fait plaisir, et le plaisir grandit encore lorsque ma grand-mère m'annonce qu'au dîner il y aura un gâteau comme dessert.

Le gâteau est super, il déborde de crème au chocolat. Je pense à nouveau à ma taille mannequin : elle ne résisterait pas à un séjour prolongé chez mes grands-parents.

Après le dîner, nous téléphonons à la maison. Thomas va bien, tout le monde est rassuré. Ensuite, nous parlons un peu tous les trois, puis Mamie me propose d'aller me coucher.

– Une bonne nuit te remettra de tes émotions, dit-elle.

Elle m'accompagne jusqu'à la chambre du premier étage que je partage d'habitude avec mes cousines. Mais cette fois, je serai seule. J'embrasse Mamie très très fort.

– Dors bien, ma chérie.

Elle est partie, j'éteins la lumière sur la table de chevet. La maison est silencieuse, mes grands-parents doivent lire en bas. Après un moment, je me lève, je m'approche de la fenêtre, je l'ouvre, je repousse le volet.

Ma chambre donne du côté de la forêt, le vent souffle, les arbres remuent doucement, je songe que mes grands-parents habitent une maison isolée, les voisins les plus proches sont à quelques centaines de mètres.

C'est vrai que les émotions ne m'ont pas manqué aujourd'hui. Alors, devant ce silence, cette solitude, une curieuse sensation m'envahit, une angoisse plutôt désagréable ; j'ai le cœur un peu serré, du mal à respirer, mon ventre gargouille…

6

UNE OMBRE TOUTE PROCHE

Je me secoue : « Allons, Julie, réagis, retourne te coucher, Papa arrive demain… »

Je m'étends sur le lit, fermant les yeux j'essaye de penser à des choses agréables : tiens, bientôt c'est mon anniversaire, que vont m'offrir Papa et Maman ? Voilà longtemps que je voudrais avoir une mini-chaîne stéréo dans ma chambre, et ils le savent bien…

Le silence me pèse toujours. J'ai envie de descendre. Julie, sois raisonnable !

Facile à dire… Là-haut, au-dessus de la chambre, se trouve un grenier, on dirait que des craquements en proviennent, des bruits curieux. Enfin, Julie, tu es trop grande pour croire encore aux fantômes…

Je me tourne sur le côté, je pose l'oreiller sur ma tête. Le sommeil va-t-il venir, à la fin ?

Tout à coup, un claquement sec se fait entendre. Que se passe-t-il ? Le bruit vient de la fenêtre, quelqu'un va entrer ! Non, il n'y a personne, aucune ombre n'apparaît. Malgré la nuit, il fait tout de même assez clair dehors pour qu'on y voie dans la chambre.

Je me lève, je m'avance vers la fenêtre, je me penche. Soupir de soulagement : c'est le volet de la fenêtre qui s'est décroché, c'est lui qui a frappé le mur. Un truc classique, j'aurais dû m'en douter.

Le vent augmente d'intensité, les pommiers du jardin agitent leurs branches, une vraie tempête commence…

J'ai besoin de respirer de l'air frais, je ne me sens pas très bien, ma tête est lourde ; c'est la faute du gâteau de Mamie, j'en ai trop mangé. Rien qu'en pensant à toute cette crème, il me vient des nausées.

C'est pas vrai ! je sursaute : on dirait qu'une ombre passe, à l'orée de la forêt. Oui, un homme marche là-bas, sur le chemin, en essayant de se dissimuler !

J'ai la gorge serrée, je me souviens de ce qui s'est passé tout à l'heure, des gendarmes à la recherche de je ne sais qui…

J'avais raison de me méfier : l'homme et la femme de l'autocar sont des bandits, ils préparaient un mauvais coup contre nous, et ils sont en train de l'exécuter ! Je ne vois qu'une seule ombre, où est la femme ? Peut-être dans le grenier. Je sens la panique m'envahir…

L'ombre arrive près de la clôture du jardin. Que fait Toby, le chien de garde ? Va-t-il aboyer, au moins ? Il ne faut pas y compter, Mamie disait qu'il avait peur de tout, et même du facteur.

C'est à moi de prévenir mes grands-parents. Ils n'ont rien vu, ils dorment sans doute…

Du nouveau ! Sur le chemin de la forêt, jaillit maintenant un gros camion, tous feux éteints. Il disparaît vite, caché par des buissons. Non, je ne rêve pas, il se passe vraiment quelque chose !

7

PAPY EN DANGER

Au moment de me précipiter vers la porte, un bruit se fait entendre, juste sous la fenêtre. Je me penche.

C'est Papy. Il sort de la maison, revêtu d'une veste de laine par-dessus son pyjama. Il marche tranquillement, sans se soucier le moins du monde du danger

qui nous menace tous. Sûr qu'il n'a rien vu !

Je veux crier, le prévenir. Mais ma bouche ouverte ne laisse passer qu'un son ridicule. J'essaie à nouveau, rien à faire, le bruit du vent recouvre sans peine ma voix étranglée par la peur intense qui m'a envahie. Il ne m'est jamais arrivé une chose pareille.

Et Papy dans le jardin continue d'avancer en direction de la forêt !

Je me tourne, je m'élance vers mon lit, j'attrape une de mes baskets, et me voilà revenue à la fenêtre. Brandissant la chaussure, je la jette de toutes mes forces. Pas assez loin ! La chaussure atterrit près d'un massif de fleurs, mon grand-père ne s'aperçoit de rien.

Où est la deuxième chaussure ?

Impossible de mettre la main dessus tant je suis affolée.

« Tant pis, j'y vais ! » Dominant ma peur, j'ouvre la porte, je traverse le corridor, je dégringole les escaliers, sans avertir Mamie au passage, ce qui serait pourtant la chose à faire. Je me trouve déjà dehors lorsque j'y pense. Personne dans le jardin, le vent froid me saisit, je suis pieds nus, en pyjama court. Où est passé grand-père ? Pourvu qu'il ne soit pas sorti !

Soudain, un terrible aboiement se fait entendre : Toby surgit de l'autre côté de la maison ! Papy doit défaire sa chaîne, la nuit.

Le chien a peut-être peur des facteurs, mais pas de moi ! Au contraire. Il fonce dans ma direction ; au souvenir de ses dents pointues, je m'élance comme une folle, sans savoir où, sans même sentir les cailloux sous mes pieds !

Le chien est sur mes talons, ça va mal finir, c'est sûr.

Mais voilà que, devant moi, se dresse l'abri de jardin où l'on range les outils, la brouette, les vélos.

Bonheur, la porte n'est pas fermée à clef. J'ai juste le temps de l'ouvrir, d'entrer et de refermer le battant sur mon dos. Toby bondit de toutes ses forces, la porte résonne sous son poids.

8

UN NOUVEAU DANGER

La cabane est en bois, pourvu que la porte ne cède pas. J'attrape tout ce qui me tombe sous la main pour la renforcer, la brouette, un râteau, un arrosoir, un sac de terreau aux trois quarts vide qui se renverse sur mes pieds nus…

La sueur coule dans mon dos, mes tempes battent, j'essaie de me calmer. Un homme dehors, un camion, peut-être quelqu'un dans le grenier, et le chien qui m'attaque : c'est trop pour moi !

Toby a dû s'éloigner, on ne l'entend plus. Les minutes passent, je ne peux laisser Papy tout seul, je dois l'avertir au plus vite. Du courage, Julie ! J'entrouvre la porte : pas de Toby à l'horizon. La nuit est assez claire, il n'y a personne et aucun bruit ne se fait entendre du côté de la forêt. Où est mon grand-père, à présent ? Il doit être rentré, je vais rentrer aussi. Si je ne le trouve pas, je réveillerai Mamie.

Le vent souffle toujours, il me fait frissonner, je ne suis pas rassurée du tout : et si la personne aperçue tout à l'heure par la fenêtre avait déjà franchi la clôture du jardin ? Toby n'aboie plus : il est peut-être assommé par un coup de gourdin, de manche de pioche ? Peut-être que quelqu'un est en train de me guetter, maintenant ?

En regardant encore autour de moi, j'avance ; la maison est proche, plus que quelques pas et ce sera le salut.

Mais soudain apparaît une silhouette humaine, à moitié cachée derrière un pommier. Un bras se tend dans ma direction, j'entends un cri, sans rien comprendre !

Alors je me rue de nouveau en avant, n'importe où, comme une folle. On dit que la peur donne des ailes : j'ai trop peur, mais par malheur, je n'arrive pas à

voler comme un oiseau ; je cours seulement, je cours, mon cœur m'étouffe, j'ai mal partout.

Patatras ! Et voilà que mon pied nu accroche une racine, je perds l'équilibre, je tombe en hurlant ! L'ombre est aussitôt sur moi ; cette fois j'entends clairement sa voix, une voix à la fois inquiète et rassurante :

– Julie ! Qu'est-ce qui t'arrive, ma petite fille ?

C'est Papy !

Non, il ne sait rien, il n'a vraiment rien vu, rien entendu. Je lis sur son visage qu'il a du mal à me croire lorsque je lui dis mon histoire. C'est vrai que les mots se mélangent dans ma bouche, et qu'il est sans doute difficile de bien me comprendre. Pourtant j'insiste… Mais soudain, il se redresse, m'attrape en lançant un cri :

– Nom d'une pipe !

9

LES GENDARMES

Papy m'a prise dans ses bras et me ramène à la maison en courant. Je ne pensais pas qu'il avait encore autant de force.

Il referme la porte d'entrée à double tour, me repose à terre et se précipite vers le téléphone.

C'est la gendarmerie qu'il appelle ; il annonce qu'on rôde autour de sa maison où se trouve une voiture ancienne qui vaut très cher. Il a vu le camion, lui aussi, voilà pourquoi il a réagi.

Mamie nous rejoint, elle vient de se réveiller ; effrayée, elle nous demande ce qui se passe. Papy raccroche le combiné.

– Les gendarmes vont venir, annonce-t-il. Je vais voir si les volets sont fermés là-haut.

Je ne peux m'empêcher de lui dire que j'ai entendu du bruit dans le grenier, bien que je ne sois pas très sûre de ce que j'avance.

– Vous m'expliquez, à la fin, insiste Mamie.

– Dis-lui, toi.

Papy a saisi dans l'entrée la canne qui lui sert lorsqu'il va se promener dans la campagne et il monte rapidement vers l'étage. Alors je raconte tout à Mamie, depuis le commencement. Elle ouvre de grands yeux.

– N'aie pas peur, me dit-elle, tu as entendu, les gendarmes arrivent.

Papy redescend déjà, il n'y a personne là-haut, nulle part, et il a fermé tous les volets.

– J'ai entendu Toby aboyer, dit-il, voilà pourquoi je suis descendu. Je l'ai rattaché sans me douter de rien… Il a fallu que je voie le camion de mes yeux lorsque j'étais dans le jardin avec Julie pour comprendre pourquoi il aboyait. Vous voyez que Toby est un vrai chien de garde !

Mamie n'a pas le temps de répondre, les gendarmes arrivent. Papy s'explique avec eux et nous apprenons qu'ils étaient déjà au courant de la présence d'une bande de voleurs de voitures dans la région, à cause du défilé de Clairville, d'où tous ces contrôles.

D'autres gendarmes poursuivent les voleurs qui se sont sauvés avec leur camion.

– Ils n'iront pas loin, vous pouvez vous recoucher tranquillement, monsieur Tavernier…

Tranquillement, c'est vite dit ! Les gendarmes partis, mes grands-parents me félicitent d'avoir eu le nez fin. J'avais raison de me méfier du couple de l'autocar, c'est grâce à moi si on n'a pas touché à la vieille voiture qui vaut si cher. Je me sens drôlement fière…

Il n'est pas question pour moi de retourner dans ma chambre et d'y rester toute seule. Mamie me fait une bonne tisane chaude avec un peu d'aspirine car je ne me sens pas encore très bien.

Ensuite, nous montons dans la chambre de mes grands-parents, où je me glisse vite fait dans leur grand lit. Mamie prend place près de moi ; quant à Papy, il s'installe dans un fauteuil, emmitouflé dans sa robe de chambre, les pieds dans ses chaussons fourrés.

– Tu remues trop, la nuit, m'explique-t-il.

Je lui souris, un peu honteuse, mais pas trop. Et je m'endors tranquille.

10

ÉPILOGUE

J'ouvre les yeux, il fait grand jour. Je m'étire, je n'ai plus mal à la tête ni au ventre, et je mangerais bien à nouveau du gâteau crémeux de Mamie !

La chambre est vide ; au pied du lit se trouvent mon survêtement et mes pantoufles. Je m'habille en vitesse et je rejoins mes grands-parents qui déjeunent dans la cuisine où flotte une bonne odeur de chocolat chaud. Gros bisous, oui, ça va bien, j'ai faim… Mamie me sert, puis rit en me montrant ma basket dans un coin :

– Regarde ce que Toby m'a ramené tout à l'heure. Ce n'est pas seulement un chien de garde, mais aussi un chien de chasse.

Nous rions, je mange avec appétit. Les gendarmes ont téléphoné tout à l'heure : les voleurs sont arrêtés, ouf !

Du coup, je reprends une bonne tartine de confiture, fabrication Mamie. À ce moment, un bruit de klaxon se fait entendre dans le jardin. Papy s'exclame, tout content, en regardant par la fenêtre :

– Ah, c'est le réparateur, pour la télé. Pas trop tôt !

Je lève les yeux. Au travers des vitres apparaît une camionnette, elle s'arrête, un homme en sort. Stupeur profonde ! C'EST L'HOMME DE L'AUTOCAR !

Je ne peux en croire mes yeux, pétrifiée sur place. Mamie ouvre la fenêtre, elle crie et mon effarement redouble :

– Bonjour, monsieur Durand. Comment va votre femme ?

– Mieux, merci, madame Tavernier. Nous sommes allés en ville chez un spécialiste. Ce ne sera pas trop grave mais elle doit porter des lunettes noires pendant quelque temps.

Je n'entends plus rien, il me semble que la maison m'est tombée sur la tête. Papy serre la main du réparateur. Ce n'est donc pas lui, le voleur de voitures, ni sa femme ! Là, je me suis trompée. Il faut vraiment que j'en aie le cœur net. J'écarte Mamie et je crie à mon tour :

– Excusez-moi, monsieur. Pourquoi avez-vous acheté hier un manche de pioche ?

L'homme me regarde. Il semble tout étonné :

– Tiens donc, répond-il, tu étais aussi dans le magasin ?

– C'est ma petite-fille, interrompt Papy.

– Eh bien, pourquoi achète-t-on un manche de pioche ? reprend le réparateur. Parce qu'on a cassé l'ancien.

Mes grands-parents ont tout compris en nous écoutant. Ils disent, presque en même temps :

– Julie était dans l'autocar, elle vous a entendu parler de nous…

– Ah, en effet. Il me semble la reconnaître, maintenant. Et c'est vrai que ma femme m'a rappelé, à un moment donné, que je devais aller chez vous pour la télé. Le réparateur ouvre à nouveau des yeux étonnés. C'est parce que Papy, Mamie et moi, nous nous mettons à rire, mais à rire si fort que nous ne pouvons plus nous arrêter.

Tu as la langue bien pendue ?
Alors, découvre vite un extrait de

Suzie la chipie

Mon tout premier jour d'école

[…]

Je m'appelle Suzie-B. Joly. Le B, c'est la première lettre de Béatrice. Je n'aime pas ce prénom-là, mais le B tout seul, j'adore !

J'ai presque cinq ans.

À presque cinq ans, on va à la maternelle. La maternelle, c'est un endroit où on se fait des amis et où on ne regarde pas la télé. Mais moi, je n'y suis pas encore allée ! Moi, je suis restée tranquille à la maison jusqu'à maintenant.

Aujourd'hui, c'est mon tout premier jour d'école. Enfin pas tout à fait. Parce que j'ai déjà vu ma classe une fois. Ma mère m'y a emmenée la semaine dernière pour rencontrer ma maîtresse.

C'était la journée « portes ouvertes ». Ma maîtresse décorait un immense panneau avec les lettres de l'alphabet.

J'ai dit :

— Pff ! Je connais déjà toutes les lettres ! Je peux même les chanter si je veux… mais là, bon… j'ai pas tellement envie…

Ma maîtresse m'a serré la main. La sienne était vraiment très grande !

Elle s'appelle... madame... madame… Ah ! Je ne me rappelle plus ! Enfin, madame Truc-Machin-Chose m'a dit que j'étais « chou » !

— Je sais ! ai-je répondu. C'est à cause de mes nouvelles chaussures !

Et j'ai levé le pied bien haut pour lui en montrer la preuve.

— Tu vois comme elles brillent ? C'est normal ! Je les ai un peu léchées avant de les mettre ! Et tu sais quoi ? Ça, c'est mon plus beau chapeau ! C'est mon papy Jean qui me l'a acheté ! Tu vois… il a des cornes de diable sur les côtés…

Ma maîtresse a rigolé mais je ne sais pas pourquoi. Les cornes de diable, normalement, c'est plutôt pour faire peur.

Ensuite, on a visité toute la classe. Elle m'a montré où se trouvaient les choses : les tableaux pour peindre, les étagères pour ranger les livres et les chaises pour s'asseoir dessus même s'il n'y a pas de télé à regarder.

Près du bureau de la maîtresse, il y avait une petite table vraiment petite avec une chouette chaise rouge.

— Moi, j'aimerais bien m'asseoir ici ! ai-je dit tout de suite.

Madame Truc-Machin-Chose m'a répondu :

— On verra ça la semaine prochaine, ma petite Suzie.

— B. ! ai-je crié. Suzie-B. !

J'ai crié vraiment très fort le B, pour qu'elle s'en souvienne bien.

[...]

Composition : Francisco *Compo*
61290 Longny-au-Perche

Impression réalisée sur Presse Offset par

BRODARD & TAUPIN

GROUPE CPI

La Flèche (Sarthe), le 15-09-2004
N° d'impression : 26012

Dépôt légal : février 2001

Suite du premier tirage : septembre 2004

Imprimé en France

POCKET jeunesse

12, avenue d'Italie • 75627 PARIS Cedex 13

Tél. : 01.44.16.05.00